过生日的女孩

〔日〕村上春树 著

〔德〕卡特·曼施克 绘

施小炜 译

南海出版公司

新经典文化股份有限公司
www.readinglife.com
出　品

HARUKI MURAKAMI

BIRTHDAY GIRL

目录

过生日的女孩

二十岁生日那天，她同平时一样上班做服务生。礼拜五一直是她当班。本来那个礼拜五是可以不去上班的，她已经同另外一个打工的女孩谈妥了对调班次。照说也是，一边要忍受着厨师劈头怒吼，一边要端着意式南瓜团子意式炸海鲜往餐桌上送，这不能说是二十岁生日的正当过法。可是讲好了跟自己换班的女孩子却感冒恶化，卧床不起了。说是发烧到将近四十度，还腹泻不止，根本无法干活。于是她仓促上阵，赶着上班去了。

“你不必介意啦。”她对着电话说道，倒像是她在宽慰表达歉意的对方，“又不是说因为是二十岁生日就会有什么特殊之处嘛。”

事实上，她也并没怎么感到扫兴。几天前，和本该一道共度生日之夜的男朋友大吵了一场，也是理由之一。那是从高中时代就交往至今的对象，吵架的起因也渺不足道。可不承想竟越吵越凶，你有恶言我有泼语，激烈的争吵持续了一阵子之后，便觉得此前维系着二人的那条纽带受到了致命损伤。她心里有一样东西变得像石头一般坚硬，死掉了。吵架过后，他再没打过电话来，而她也无意打过去。

她打工的地方是六本木一家名气不大不小的意大利餐馆，从六十年代中期开业至今。提供的菜式虽无领先潮流的锐气，可口味本身却极其纯正，百吃不厌。店内的氛围也毫无咄咄逼人之处，倒有着一种安详的从容。比起年轻客人来，上了年纪的常客居多，由于地理位置的缘故，其中也包含著名的演员与作家。

两位男服务生是正式职工，每周工作六天。她和另外一位勤工俭学的女孩子轮流各做三天。此外还有大堂经理一人。收银处坐着一个精瘦的中年女子，据说打开业以来便一直坐在那里。就像狄更斯的《小杜丽》里出场的那个阴郁的阿婆一样，她极少从那个位子上站起身来。从顾客手上收取费用，电话铃一响便拿起听筒，除此之外不做任何工作。如无必要，则口也不开。永远穿着黑色连衣裙。

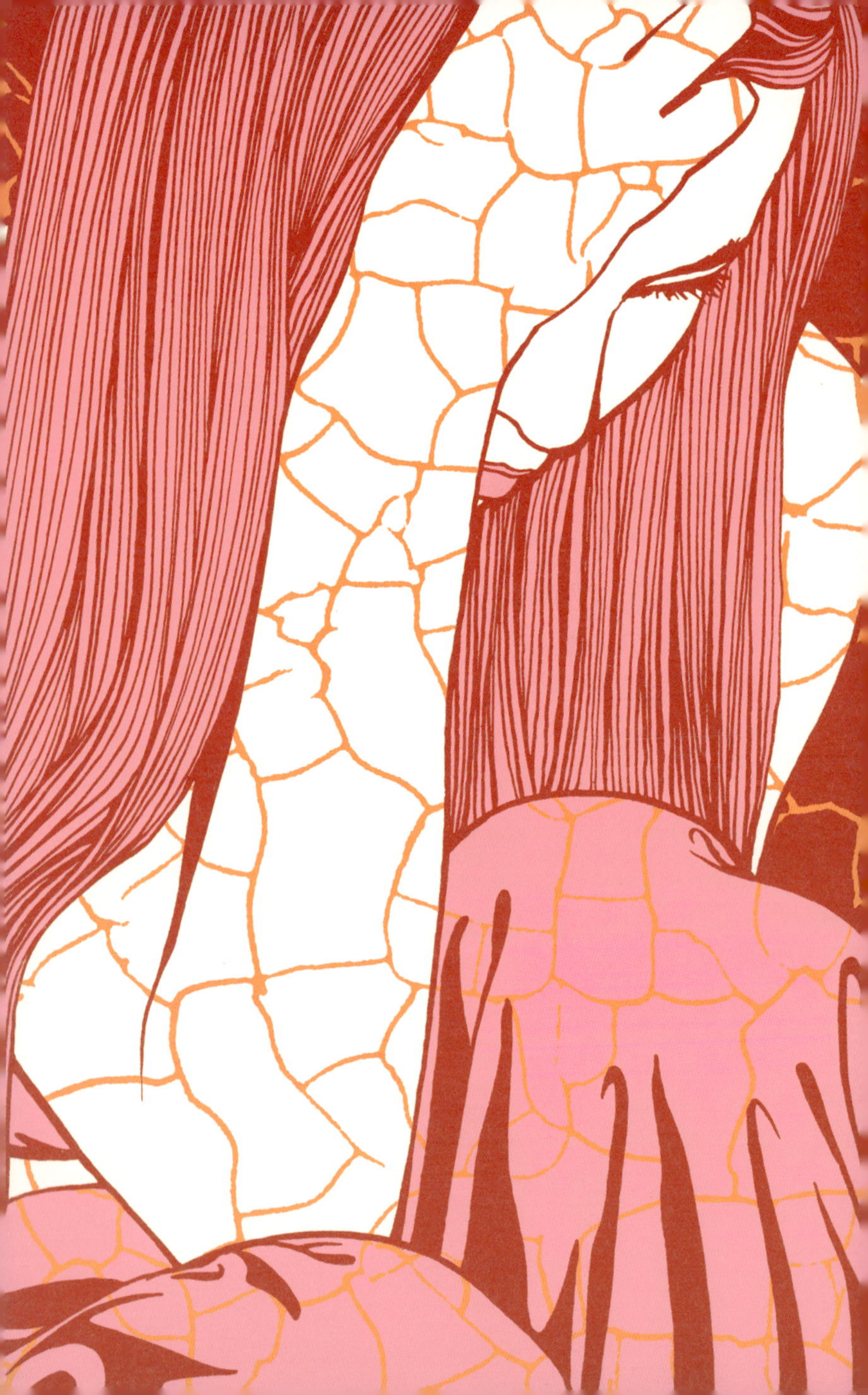

整个氛围又冷又硬，倘若掉进大海里浮在海面上，只怕轮船撞上去就会沉入海底。

大堂经理大概已过四十五岁。人高肩宽，年轻时恐怕是体育健将的体形，可如今腹部与下颚长起了赘肉，又短又硬的头发也在顶部变得稀薄。渐渐老去的独身男子身上难免的某种气味，悄然飘游在他周围。是那种类似将止咳糖与报纸一起在抽屉里放上一段时间之后的气味。她那位独身的叔父身上也散发出相似的气味。

大堂经理永远身穿一套黑西服，白衬衣上系着蝶形领结。不是那种按扣式的，而是当真自己动手系的。就算不看镜子也能灵巧自如地系好，是他引以为豪的几件事之一。他的工作是核对顾客的出入，把订座状况铭刻脑中，牢记常客们的姓名，当他们来用餐时好语相迎、笑脸寒暄，客人抱怨时则诚恳地侧耳倾听，对于有关葡萄酒的专门性提问尽可能详细地予以解答，监督男女服务生们的工作情况。他日复一日游刃有余地完成这些工作。再加上另外一项：往老板的房间里送晚餐。

“老板在餐馆所在的大楼六层有一套自己的房间。不知道算住宅还是算事务所。”她说。

我同她由于偶然的机缘，谈起了各自的二十岁生日。关于那是怎样的一天。人大抵都清晰地记得自己二十岁生日的情形。她迎来自己的二十岁生日已经是十多年前的往事了。

“不过吧，老板不知道什么缘故，从来都没有在店里露过面。能见到老板的，就只有大堂经理一个人。往那儿送餐，也是他的工作。所以我们这些打下手的员工，还没有一个人见过老板长什么模样呢。”

“就是说，这位老板每天都从自家店里叫外卖喽？”

“对啦。”她答道，“每天晚上八点钟，经理都会把饭菜送到老板的房间里去。对店里来说，这是最最忙碌的时刻，而这种时候经理却不在店里，的确教人犯难。不过这是很久以来的惯例啦，没办法。菜肴放在宾馆客房送餐用的那种小推车上，经理毕恭毕敬地推着它乘上电梯，大约十五分钟之后再空着两手回到店里来。过了一个小时经理再次上楼去，把放着空盘子空杯子的小推车撤下来。雷打不动，每天重复。第一次看到这番情形时，我感到奇怪极了。简直就像宗教仪式一样，是不是？不过渐渐地也就习以为常，不觉得有什么了。”

老板吃的永远是鸡。烹饪的方法与搭配的蔬菜因日而异，多少有些变化，但主菜必定是鸡。年轻的厨师偷偷告诉她：他曾经试过连续一个礼拜都上烤鸡，老板却没有一句怨言。然而作为厨师，自然不免会想着要翻新花样，历任大厨各显神通，千方百计挑战一切鸡肉菜式，还制作了匠心独具的调味汁。鸡肉供货商也尝试了一家又一家。然而这种种努力也仿佛是向虚无的空穴中投进一块块小石头，没有任何反应回馈。于是每位大厨最后都打了退堂鼓，改为每天烹制普普通通的鸡肉菜式送上去。必须是鸡不可，这就是对大厨们所要所求的全部。

她的二十岁生日是十一月十七号那天，工作一如平日，照常开始了。过了正午，淅淅沥沥地下起了雨，到黄昏时分变成了大雨。五点钟，员工们被召集起来，经理对当日特供菜品做说明。男女服务生必须一字一句牢记在心，不得有误，无小抄夹带。米兰风味小牛肉，沙丁鱼卷心菜意面，栗子慕斯。有时经理还会扮演客人提问，对此员工一定要有问必答。然后就是员工餐上桌了，所谓的"管饭"。必须避免出现在餐桌旁向客人说明菜品时肚子咕咕作响的事态。

餐馆开门时间是六点，因为大雨倾盆的缘故，与平素

相比，客人上门要晚一些。有几个预约取消了。女性讨厌连衣裙被雨水淋湿。大堂经理怏怏不悦地将嘴唇抿成一条直线，男服务生们百无聊赖，不是擦擦小盐瓶，就是跟厨师闲聊烹调，借以打发时间。她一面留心观察着只有一桌客人的大堂，一面倾耳细听天花板上的扬声器里流淌出来的羽管键琴曲。店堂里飘荡着深秋雨水浓浓的气味。

经理的情况变得不对是在七点半钟过后。他虚弱无力、摇摇晃晃地一屁股坐在了椅子上，捂着肚子半晌不动，简直就像挨了枪子儿一般，额头上冒出了油汗。看来还是上医院为好啊，他粗声说道。经理健康失衡，是一件极为罕见的事儿。来到这家餐馆工作已逾十载，他连一次假都不曾请过。没生过一次病，没受过一次伤。这也是他引以为豪的事情之一。然而因痛苦扭曲了的面孔，表明他状况相当糟糕。

她撑了一把伞走到店外，拦下一辆出租车。一个男服务生架着经理坐进车厢，送他去了附近的医院。上车之前，经理用嘶哑的嗓音对她说："等到了八点钟，你帮我把晚餐送到604号房间里去。只要按下门铃，说一声'晚餐送来了'就行啦。"

"604号房间，对吧？"她问。

“八点整，准时。”经理叮嘱道，说完又皱起了脸。出租车门关闭，他离开了。

经理走了之后，大雨仍旧势头不减，客人也稀稀拉拉，没几个上门。餐桌一直只坐满了一两桌。哪怕少了经理和一个男服务生，也不成问题。要说幸运倒也算是幸运。毕竟上上下下撸起袖子齐上阵都忙不过来的情形也不算稀罕。

到了八点钟，老板的晚膳准备停当后，她推着小推车进入电梯，上了六楼。拔去了软木塞的小瓶红葡萄酒、咖啡壶、鸡肉主菜、配衬的热蔬菜、添配了黄油的面包卷，一成不变的那一套。狭窄的电梯内弥漫着肉类菜肴那种分量实足的香味，还混杂有雨水的气息。好像有人手拿淋湿的雨伞乘过电梯，脚下地板上形成了一个小小的水洼。

她沿着走廊向前，在写有604的门前停下，在脑海里再次确认听来的号码：604。然后清了清嗓子，按下了安在门边的铃。

没有回应。约莫二十秒钟，她站在门前不动。正在想是否要再按一次门铃时，门突然从内侧打开，出现了一个瘦小的老人。身高大概要比她矮至少十公分。身穿深色西

TAXI

604

服，系着领带。白衬衣配颜色好似枯叶的领带。一切都干干净净，没有一丝褶皱，白发梳理得整整齐齐，看上去仿佛马上就要去出席晚会一般。额头上刻着好几道深深的皱纹，让人联想起航空照片里拍到的深谷。

“给您送晚餐来啦。”她声音嘶哑地说道，然后又轻轻地清了清嗓子。一紧张，她就会声音嘶哑。

“晚餐？”

“对。经理突然身体不适，改由我来给您送餐。”

“原来如此。”老人说道，一只手犹自抓着门把手，仿佛说给自己听似的，“哦，身体不适？”

“对。突然肚子痛，于是就去医院了。弄不好是阑尾炎——他自己说。”

“还真不妙啊。”老人说道，随后用手指轻轻地抹了一下额头的皱纹。“那可不行。”

她清了清嗓子。“请问，我可以把饭菜送进去吗？”

“嗯，当然。”老人说道，“当然。我无所谓啦。如果你希望这样的话。”

如果我希望这样的话？她心想。这话说得好奇怪。你说，我到底希望什么呀？

老人将门大大打开，她推着小推车走进房间。地板上铺着灰色短绒地毯，可以不用脱鞋直接走进深处去。与其说是住房，未若说是当工作室在使用，房门背后就是宽敞的书斋。从窗口可以看见灯火通明的东京塔就近在眼前。窗前有一张很大的写字台，写字台旁有一套小巧的沙发。老人指了指沙发前的茶几。是一个细长状、合成树脂贴面的矮茶几。她把晚餐摆列在了茶几上，配上布质白餐巾和刀叉餐具。咖啡壶与咖啡杯，葡萄酒与葡萄酒杯，面包与黄油，然后是一盘佐以热蔬菜的烤鸡。

“一小时之后我再上来。请您和往常一样，把餐具放在走廊里，好吗？”她说。

老人饶有兴味地扫视了一圈摆好的肴馔，这才仿佛陡然想起来似的答道：“哦，那当然。我会放到走廊里的。摆在小推车上。一小时之后。如果你希望那样的话。”

对，这就是我希望的，眼下。她在心里想道。“您还有什么别的事吗？”

“没啦。再没有别的事啦。”老人稍作考虑后答道。他穿着一双擦得锃亮的皮鞋。小尺码的，非常潇洒的皮鞋。这是个讲究衣着的人，她心想。对于这把年纪来说，身姿也很挺拔。

“那我就告辞啦。”

“不，你等一下。”老人说道。

“好的。请问什么事？”

“年轻的女士，能不能占用你五分钟时间？”老人说道，“想跟你说几句话。”

年轻的女士？听到如此称呼，她不觉红了脸。

“好的。嗯，我想大概不要紧。那个，我是说，五分钟的话。”

我不就是被这个人计时付薪雇来打工的吗？既然如此何来什么占用不占用呢。而且这老人也不像是会干坏事的人。

“顺便问一问，你多大年龄？”

老人站在写字台旁，抱着双臂，笔直地盯着她的眼睛，问道。

“二十岁了。”她说。

“二十岁了。”老人重复道，然后仿佛窥视某个缝隙似的眯起了眼睛。

“你用了个‘了’字，那就是说，为时并不久的意思喽？”

“嗯。不如说，是刚刚才满。”接着，稍许迟疑之后又加上一句，“其实，今天就是我的生日。”

“原来如此。”老人恍然大悟似的摸了摸下巴，“哎呀，是吗？原来如此。今天这个日子，就是你的二十岁生日啊。”

她默默地点了点头。

“从现在算起正好二十年前的今天，你降生到了这个世上。”

“对。是这么回事儿。”

“原来如此，原来如此啊。”老人说，“这可太好了。那，恭喜你。”

“谢谢您。”她说。仔细一想，今天一整天，这还是头一回有人祝福自己生日快乐呢。下班回到家，倒或许会从电话留言里听到来自大分县老家父母亲的祝福。

“可喜可贺。”老人重复道，“这太美妙啦。怎么样，年轻的女士，用红葡萄酒举杯庆祝一下？”

“谢谢您。不过，我现在正在上班呢。”

“就喝一口的话，不要紧吧？是我说可以的，谁也不会责怪你。仅仅表示一下祝福之意就行。”

老人取下红葡萄酒的软木塞，为她往葡萄酒杯里斟了少许，再从一个玻璃门小柜子里拿出一个毫无特别之处的小玻璃杯，为自己斟了一杯酒。

“生日快乐。”老人说，“年轻的女士，愿你的人生硕果累累，没有任何东西将阴影投射其上。”

两人碰了杯。

没有任何东西将阴影投射其上。她在脑海里重复着老人的祝词。为什么这个人说话方式如此与众不同呢？

“二十岁生日，人生之中只有一次。而且它至为珍贵、无可替代哦，年轻的女士。”

“嗯。”她回应道。然后小心翼翼地只喝了一口葡萄酒。

“而且你还在这么一个特别的日子里，专门来到这里为我送餐。宛如好心的精灵一般。”

“可是，我只不过是奉命行事而已。”

“即便如此哦。”老人说，然后轻轻地摇了几下头，“即便如此哦，美丽的年轻女士。”

老人在写字台前的皮椅上坐了下来，并叫她坐在沙发上。她端着葡萄酒杯在沙发上浅浅地坐下，并拢双膝，扯了扯裙子下摆，然后又清了清嗓子。她看见雨点在玻璃窗外描画出线条。房间内不可思议地寂静。

“今天刚巧正是你二十岁生日，加之你还为我送来了温暖精致的晚餐。”老人仿佛再度确认般地说道，随后叮

地一下把酒杯放在了写字台上，“这也是某种命运吧。你不这么看吗？”

她沉吟不决地点了点头。

“于是乎，嘿。”老人说着，手放在了枯叶色领带的打结处，“我呢，年轻的女士，想送你一样生日礼物。在二十岁生日这样特殊的日子里，必须要有特殊的纪念品，无论如何。”

她慌忙摇头：“求您啦，请您不必介意这种事情。我只是奉了上司的指令来送了一次晚餐而已。”

老人掌心向前举起了双手：“不对不对，是你不必介意。说是礼物，但并不是有形的东西。不是那种有价的东西。也就是说呢，”他说着，将两手搁在了写字台上，然后缓缓地长吁了一口气，“就是说，我个人呢，是想为你实现一个你的心愿啦，可爱的精灵小姐。我想为你实现你的一个心愿。什么都行。什么样的心愿都没问题。当然啦，如果你有心愿的话。”

“心愿？”她声音干涩地说。

“就是‘如果能这样就好了’那种心愿呀。年轻的女士，就是你心中希望的。如果你有心愿的话，我就帮你实现一个。这就是我能够送给你的生日礼物。不过，仅仅只有一个，你还是好好想一想为佳啦。”老人竖起一根手指，伸向空中，“只有一个。事过之后再反悔，也不能够收回的哦。”

她无言以对。心愿？雨被风吹着，敲打在玻璃窗上，发出错落不齐的响声。沉默持续期间，老人一言不发，注视着她的眼睛。她的耳朵里，时间在刻画着不规则的颤动。

“我许个心愿，就能够成真吗？”

老人没有回答这个问题。仍旧将两手搁在写字台上，只是愉悦地微笑。那是一张非常自然、友好的笑脸。

“年轻的女士，你有心愿吗？还是没有呢？”老人声音沉稳地这么问道。

她望着我的脸，说：“这可是真人真事哦，绝不是我瞎编乱造。”

“当然。”我说。当然，她不是那种会胡编乱造的性格。

“那么，你当时有没有许下什么心愿呢？”

她仍旧盯着我的脸望了一会儿，然后小小地叹了一口气：“就算是我，也并没有完完全全地把那位老爷子的话

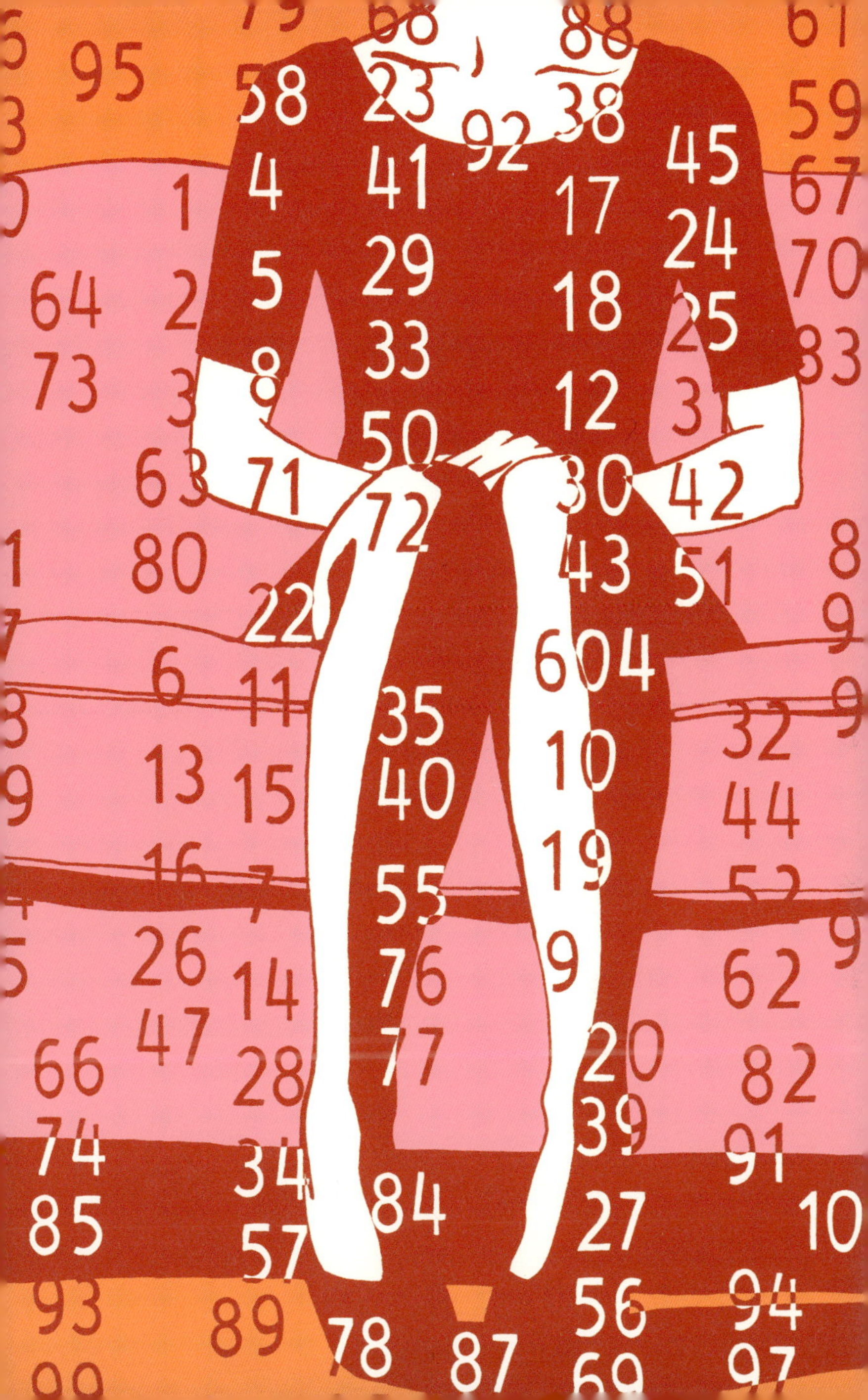

95 58 23 92 38 59
4 41 45 1 17 67 24
64 2 5 29 18 70 25
73 8 33 12 83
63 71 50 30 42
80 72 43 51 8
22 604
6 11 35 32
13 15 40 10 44
16 7 55 19
26 14 76 9 62
66 47 28 77 20 82
74 34 39 91
85 57 84 27 10
93 89 78 87 56 94

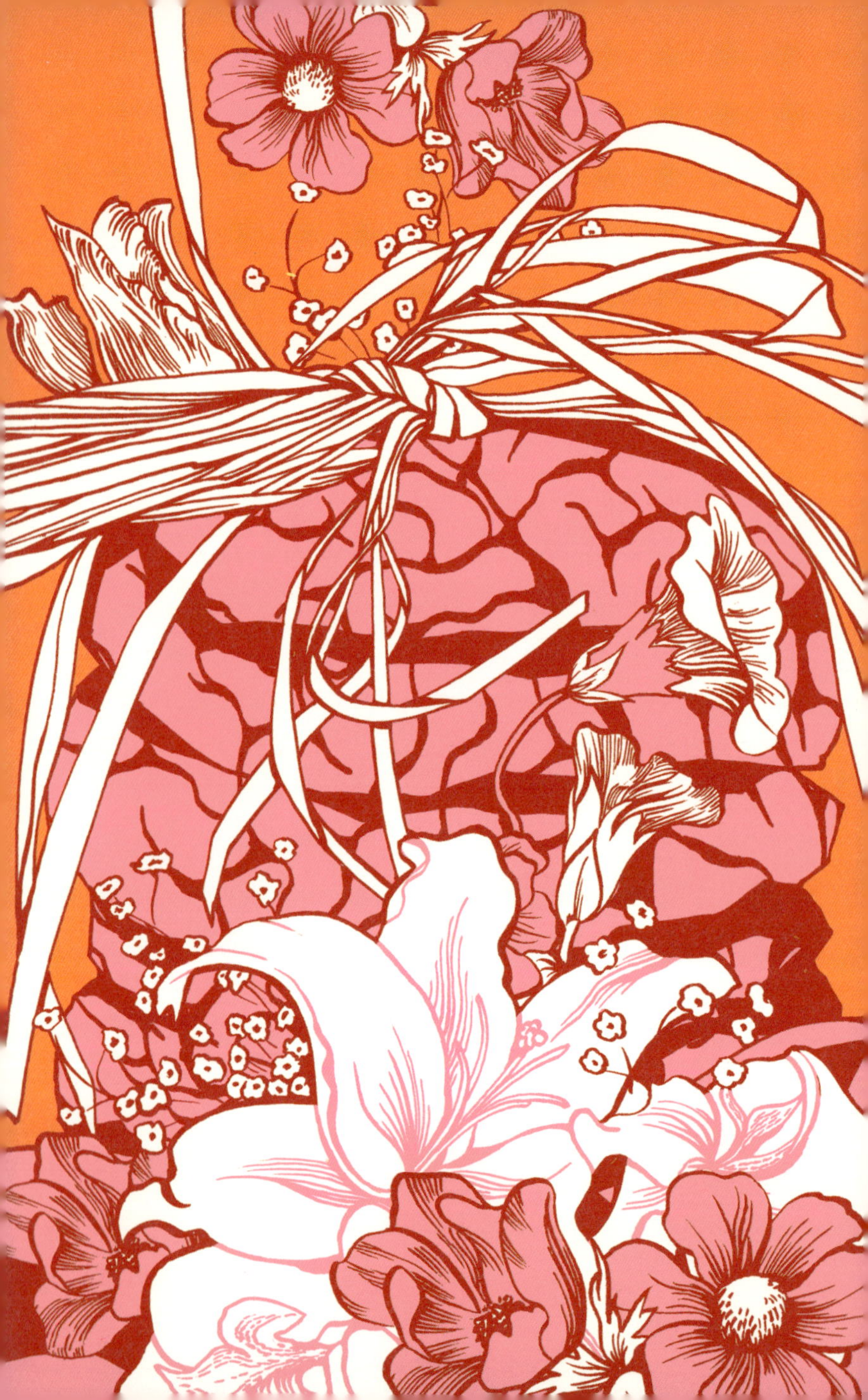

当真啦。都二十岁了，又不是在童话世界里。不过，如果要说那是临时起意的幽默，又未免机灵得过分了吧？老爷子有几分洒脱，而我也很乐意配合话题。毕竟是二十岁生日嘛，稍稍有点不同寻常之处也不为过吧。我这么想道。这不是相信不相信的问题。”

我沉默着点点头。

“你能理解我的心情吧？什么好事都没有，道一声生日快乐的人也没有，就这么端着浇了鳀鱼酱汁的意式馄饨送到餐桌上去，一天即将一去不返。这可是我的二十岁生日啊。”

我再一次点点头。“我懂的。”我说。

“所以我照他说的，许了一个心愿。”她说。

老人半晌一言不发，看着她的脸庞，两手依然搁在写字台上。写字台上放着好几个厚厚的文件夹，像是账簿。也有文具和台历，还有一盏绿色灯罩的台灯。他那小小的一双手简直就像那些物件的一部分，搁在那里。雨点仍旧敲打着玻璃窗，远处东京塔的照明望去模糊一片。

老人的皱纹稍许变深了一些。“这就是你的心愿喽？”

“对，是的。”

“对于像你这个年龄的女孩子来说，可让人觉得有点别具一格啊。”老人说道，“说老实话，我心里设想的倒是更为不同的心愿呢。”

“要是不妥的话，我再换个别的。”她说道，然后又清了下嗓子，“别的也没关系。我来想一想。”

“别别。”

老人举起双手，像旗子一般在空中摇了摇。“不是说不妥，一点也不。只不过吧，我很震惊呢，年轻的女士。就是说，你就没有其他的心愿了吗？比如说吧，对啦，想变得更加美丽呀，更加聪敏呀，想成为富豪呀，你是没有这一类心愿的喽，就像别的普通女孩子所希望的那种？”

她搜肠刮肚地寻觅词句。其间老人一言不语，只是静静地等着。他的双手安静地摆在写字台上。

“我当然想变得美丽，也想变得聪敏，还想变成富豪。不过这种心愿假如真的实现了，自己将会因此变成什么样子，我根本想象不出来。搞不好反而会手足无措。我还没有完全悟透人生。真的。我还不理解它的结构机制。”

“原来如此。”老人双手指头交叉，又分开，“原来如此。”

“像这样的心愿也可以吗？”

“当然。”老人说道，“当然。我这边没有任何不方便。”

老人突然一动不动地凝视着空中的一点。额头的皱纹更加深了，宛如聚精会神进行思考的大脑沟回一般。他似乎是在凝视浮在空中的某种东西——比如说肉眼看不见的微小的羽毛。然后摊开两手，微微抬身，猛地合上掌心，砰地发出一声短促而干燥的响动。随后在椅子上坐下，手指抚慰般地缓缓划过额头的皱纹，静静地微微一笑。“好啦。这下你的心愿就实现啦。”

“已经实现了吗？”

“是啊，你的心愿已经实现啦。小事一桩。”老人说道。

“美丽的年轻女士，祝你生日快乐。小推车我会放在走廊里的，无须担心。你回去工作吧。”

她乘上电梯返回店里。许是空着两手的缘故吧，她觉得身轻如燕，仿佛走在某种飘飘软软不可名状的东西上。

“出了什么事儿？一副魂不守舍的模样。”年纪偏轻的那个男服务生搭话道。

她暧昧地微笑，摇摇头。“是吗？什么事也没有呀。”

“说说，老板是个什么样的人？”

“没什么呀。我没仔细看。”她淡淡地答道。

一个半钟头之后，她去撤餐具。餐具摆在小推车上，放在走廊里。掀开盖子一看，菜肴已然消失得一干二净，葡萄酒瓶和咖啡壶也空空如也。604号的房门毫无表情地紧闭着。她盯着那扇门默默地望了一会儿。它似乎马上就会豁然洞开，然而却并没有开。她把小推车推进电梯，推到楼下，送到了洗碗池边。大厨看了看盘子，干净得一如平素，没有表情地点点头。

“从此以后，我和老板再也没有见过面。”她说。

“经理最后只是一般的腹痛，从第二天起就又自己去送餐了，而我一开年就辞工不做了。打那以后再也没去过店里。不知怎么，我总觉得别靠近那儿为好。隐隐约约地，仅仅是预感。”

她若有所思，用手指抚弄着纸质的杯垫。

“时不时地，我会觉得二十岁生日那晚发生的事情好像全都是梦幻。就是说，存在着某种作用，让我误以为其实并未发生的事情发生了而已。不过呢，那确凿无误，就是现实里发生的事情哦。那个604号房间里的一样样家具一个个摆件，连细节现在也仍旧历历在目。那是实际发生过的事情，恐怕还具有非常重大的意义呢。”

我们沉默了一会儿，喝着各自的饮料，大概想着彼此不同的心事。

“我可以问个问题吗？”我说，“确切地说，是两个问题。”

“请问吧。”她说，“不过据我想象，你首先是想知道我当时许了个什么样的心愿，不是吗？”

“可是你看起来不太想谈论这件事。”

“看起来是那样吗？”

我点头。

她将杯垫垫在杯下，仿佛凝视远处某物似的眯起眼。“许下的心愿，是不能对别人说出来的，肯定。”

“我也并没有刺探的意思哦。”我说，“我想知道的，首先是你那个心愿实际上有没有实现。还有就是，不管那是怎样一个心愿，你后来有没有后悔过当时选择它作为你的心愿。就是说，你有没有这样想过：‘要是许了个别的心愿就好了’？”

“对第一个问题的答案既是 yes，也是 no。人生的未来之路还很长，我并不是已经看到事情演变的结果。”

“是个需要假以时日的心愿喽？”

“是啊。”她说，“时间在这里将起到重要作用。”

“就像某种烹饪手法？”

她点头。

我就此试着稍作思考。不过在我的脑海里，仅仅浮现出了低温烤箱里慢慢烤制巨大馅饼的情形。

“关于第二个问题呢？”我问了一句。

“第二个问题是什么来着？”

“你不后悔选择它作为你许的心愿吗？”

一段时间的沉默。她将一双没有纵深的眼睛朝向了我。干涸的微笑残影浮上了她的嘴角。这让我察觉到某种寂寥的认命之感。

“我现在跟大我三岁的注册会计师结了婚，有两个孩子。”她说，“一个男孩一个女孩。一条爱尔兰长毛猎犬。开着奥迪，每周跟女友去打两次网球。这就是我现在的人生。”

“似乎不太坏嘛。”我说。

“即使奥迪的保险杠上有两处凹陷？”

“可就是为了凹陷才装保险杠的嘛。”

“要是有这种随意贴该多好。”她说，“‘保险杠就是为了凹陷而存在。’”

我注视着她的嘴角。

“我想说的是，”她静静地说，又搔了搔耳垂。形状美丽的耳垂。“人这东西，不管他祈盼着什么，不管他走了多远，都只能成为他自己，不可能变成任何别的东西。仅此而已。”

“这种随意贴也不坏呀。”我说，“‘人这东西，不管走了多远，都只能成为他自己。’”

她愉快地放声大笑。于是，刚才还在那里的干涸的微笑残影消散了。

她手肘撑在吧台上，看看我。“我说啊，假如你处在我的位置，你会许个什么心愿呢？”

“你是说，在我二十岁生日的晚上吗？”

“对。”她说。

我想了很长时间，然而连一个心愿也想不出来。“我什么也想不出来啊。”我如实说道，“而且，距离我二十岁生日也太遥远啦。”

“真的什么都想不出？”

我点头。

“一个都……？”

“一个都想不出。”我说。

她再次看看我的眼睛。那是笔直的、率真的视线。

“你肯定已经许过愿了。”她说。

“不过，仅仅只有一个，你还是好好想一想为佳啦。可爱的精灵小姐。”某处黑暗中，系着枯叶色领带的小个子老人将一根手指伸向空中。“只有一个。事过之后再反悔，也不能够收回的哦。”

后 记

大约十五年之前，我一时起意，想编一本关于生日的小说集，收集了十来篇“birthday story”，自己动手翻译。然而作为一本书，似乎分量还稍稍有些不足，于是便想道：干脆自己写一篇以生日为主题的原创短篇小说吧。这就是小说家来做小说汇编者时的利处之一了。循照一个主题书山觅宝觅得筋疲力尽，抑或是山穷水尽时，就可以来它一个“啊呀，烦死啦！”自己提笔上阵。

然而，我是怎么会想到以生日为主题编一本小说集的呢？这是因为我很久以来一直觉得生日这玩意儿很不可思议。活在这个世界上的每一个人，都拥有一个生日。就如同每个人都拥有一个肚脐眼一样。既不存在一个生日也没有的人，也不存在（我猜大概不存在）有两个生日的人。或许在某种场合下，有人会“不知道生日的确切日期”，然而即便是这种情况，只要他自己认定“这天就是我的生日”，那个日子就变成他的生日了。（恐怕）谁也不会说三道四的吧。而且世上所有的人，都拥有一个对于自己而言很特殊的日子，一年之中仅有一天，换算成小时的话仅为二十四小时。富人也罢穷人也罢，名流也罢无名之辈也罢，高个儿也罢矮子也罢，孩童也罢大人也罢，善人也罢恶人也罢，大家都被赋予了这个每年仅此一度的“特殊日子”。公平至极。而事情规规矩矩地公平到了如此地步，难道不是极其美妙吗？

时常会有人如此声称：“我已经到了这把年纪，就算生日到来了也没什么好高兴的。”不过每次我都会反驳：“不对。问题不在这里。不是上没上年纪的问题，而是生日对你来说，是一年只有一次、真正特殊的日子，你得更加珍惜才是。还得祝福这种罕有其匹的公平才是。”

在这层意义上，我是生日的同伴，随时站在生日这边。遇到朋友的生日，我就想送上祝福；而自己的生日，我也会买礼物送给自己。为自己的生日买的礼物，一般都是“寻常的日子大抵不会买”的东西。虽然不是那种“负担不起……”的昂贵的东西（比如说法拉利的加利福尼亚之类），但也是平素舍不得购入的物品。即，可称为“小小的奢侈”那样的东西。比如去年的生日，我就大方了一回，给自己买了布鲁斯·斯普林斯汀的 *The River* 套盒（CD 四张、DVD 三张）。虽然其中的一半音源都是我已有的，但为了那几个未经公开的音源、相当充实的小册子，再加上对里面所收录音乐的爱，我花了两万多日元。毕竟是难得一回的生日嘛，还不得大方一点……我暗想。

你还记得二十岁生日那天自己做了什么吗？我是记得一清二楚。一九六九年的一月十二日是一个寒冷微阴的冬日，我在咖啡店里打工做服务生。我很想休息一天，可是找不到换班的人。最终，那一天直到最后一刻也没有发生一件愉快的事儿。这简直就像是在暗示我此后的人生——我（那时候）觉得。

在这个故事里，作为主人公的女孩身处孤独之中，如同当时的我一样，迎来了黯然无光的二十岁生日。日暮时分甚至还下起了雨。那么，会不会有个最后一瞬的大逆转在等待着她呢？

二〇一七年九月

村上春树

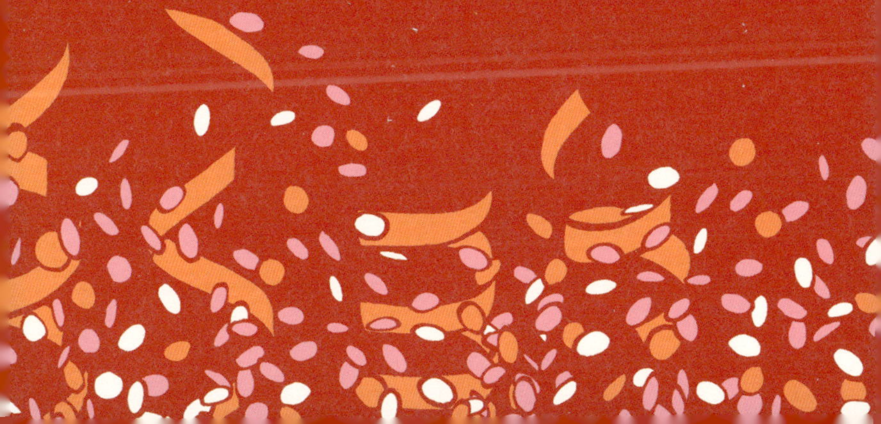

图书在版编目（CIP）数据

过生日的女孩 /（日）村上春树著；（德）卡特·曼施克绘；施小炜译. -- 海口：南海出版公司，2023.1
ISBN 978-7-5735-0249-0

Ⅰ. ①过… Ⅱ. ①村… ②卡… ③施… Ⅲ. ①长篇小说－日本－现代 Ⅳ. ①I313.45

中国版本图书馆CIP数据核字(2022)第147268号

过生日的女孩
〔日〕村上春树 著
〔德〕卡特·曼施克 绘
施小炜 译

出　　版　南海出版公司　(0898)66568511
　　　　　海口市海秀中路51号星华大厦五楼　邮编 570206
发　　行　新经典发行有限公司
　　　　　电话(010)68423599　邮箱 editor@readinglife.com
经　　销　新华书店

责任编辑　黄宁群
特邀编辑　聂小雨　李　珊
营销编辑　吴　优　刘治禹　郝薛少博
装帧设计　韩　笑
内文制作　田小波
责任印制　万　坤

印　　刷　北京富诚彩色印刷有限公司
开　　本　787毫米×1092毫米　1/32
印　　张　2
字　　数　24千
版　　次　2023年1月第1版
印　　次　2023年3月第2次印刷
书　　号　ISBN 978-7-5735-0249-0
定　　价　45.00元

著作权合同登记号　图字：30—2022—060

7 8
15 16
19 20